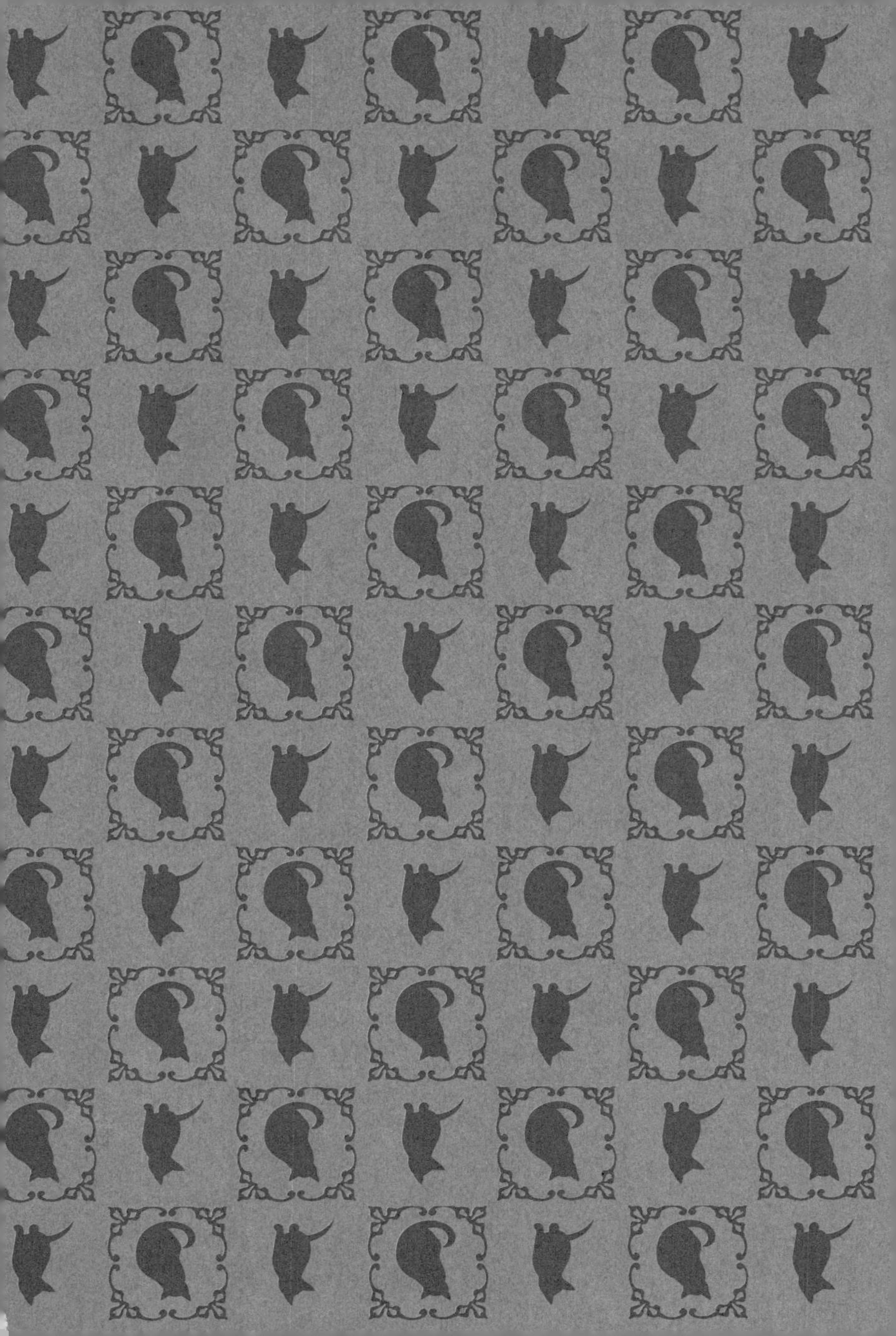

오스카로 산다는 것

THE IMPORTANCE OF BEING OSCAR
by Yvonne Skargon

이 도서의 국립중앙도서관 출판시도서목록(CIP)은
e-CIP 홈페이지(http://www.nl.go.kr/cip.php)에서 이용하실 수 있습니다.
(CIP제어번호: CIP2007000250)

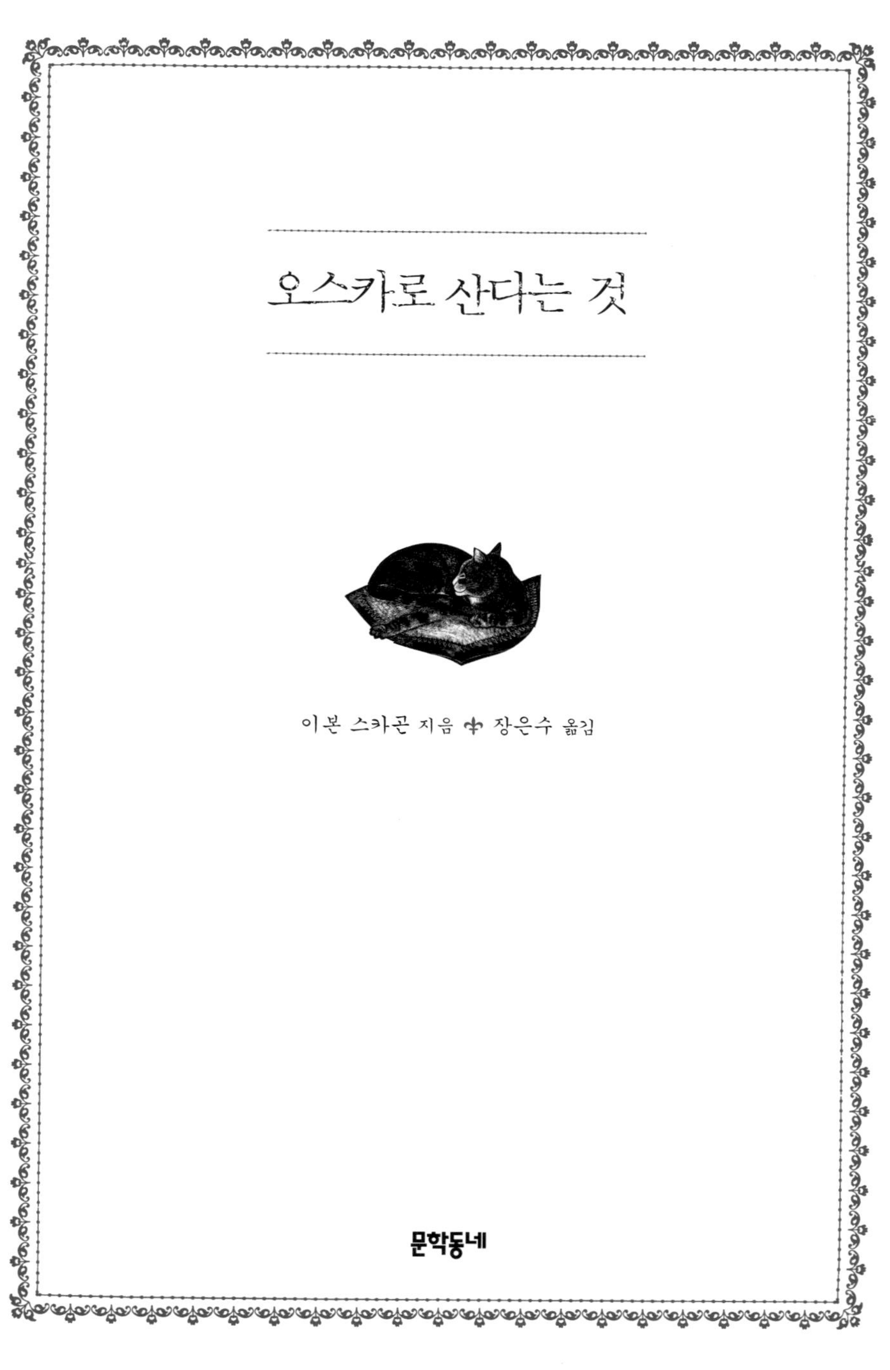

오스카로 산다는 것

이본 스카곤 지음 ✣ 장은수 옮김

문학동네

내 이름은 오스카. 물론 오스카 와일드는 아니다.
그렇다고 성격이 와일드한 것도 아니다.
이런 면에서 보면
오스카 와일드도 종종 나와 비슷한 오해를 받는 것 같다.

9

비극이로다.
완벽한 외모를 타고 태어나
이 직업 저 직업을 전전하며
생을 허비하는 수많은 자들.

「젊은이를 위한 철학과 경구」

8

모든 쾌락이 그렇듯
거의 대부분의 즐거움 속에는
잔혹함이 있다.

『도리언 그레이의 초상』

10

어쩔 수 없어.
난 유혹에는 저항할 수가 없단 말이야.
다른 건 다 이길 수 있는데.

『윈더미어 부인의 부채』

성실은 모든 추악함의 근원이다.

「젊은이를 위한 철학과 경구」

14

시골에서는 누구나 착해진다.

『도리언 그레이의 초상』

16

실제 인생은 대부분 원하지 않은 방향으로 전개된다.

『장미 꽃잎과 사과나무 잎』 서문

18

똑똑해 보인다는 건 좋은 거야.
뭔가를 정말 이해하는 것과
별반 다르지 않지.
훨씬 쉽기도 하고.

『도리언 그레이의 초상』

20

언제나 예측 가능한 인생일 필요는 없다.

「젊은이를 위한 철학과 경구」

22

아름다운 사물에서 아름다운 의미를
찾아내는 이가 교양인.

『도리언 그레이의 초상』

쓸모 있는 사람이 되겠다고?
인생이 무엇인지 결코 알 수 없을 것이다.

『예술가로서의 비평가』

행동하는 것……
할 일이 없는 자들의 손쉬운 도피처.
꿈꿀 줄 모르는 이들의 마지막 수단.

『예술가로서의 비평가』

28

세상에는 남의 입에 오르내리는 것보다
더 나쁜 일이 딱 하나 있다.
바로 남의 입에 오르내리지 않는 것이다.

『도리언 그레이의 초상』

매력적인 자들은 제멋대로이다.
그것이 그들 매력의 비밀이다.

『도리언 그레이의 초상』

꾸미고 또 꾸며라.
그것이 인생의 첫번째 의무이다.
나머지는 아직 누구도 알아내지 못했다.

「젊은이를 위한 철학과 경구」

34

자신을 사랑하는 것,
죽는 날까지 계속될 기나긴 로맨스의 시작.

「젊은이를 위한 철학과 경구」

현대의 언론을 옹호하는 많은 말들이 있다.
예컨대 언론이 어리석은 자들의 생각을
꾸준히 전해줌으로써 우리로 하여금
이 사회의 무지함에 적응하도록 해준다는 것.

『도리언 그레이의 초상』

누구나 약점은 있다.
나 역시 외풍에는 약하다.

『진지함의 중요성』

잠을 방해하는 한 편의 꿈, 그것이 인생.

노트에서

오, 그는 좋은 사람 이상이야.
아름답거든.

『도리언 그레이의 초상』

오스카 _ 내가 하려던 말이 바로 그거였는데.
휘슬러 _ 오스카, 반드시 말하게 될 거야, 반드시.

후기

오스카 핑걸 오플래허티 윌스 와일드는 1854년 10월 10일 더블린에서 태어나 1900년 11월 30일 파리에서 세상을 떠났다.

고양이 오스카는 1973년 런던 북부 어딘가에서 태어났다. 생후 삼 개월이 되었을 때, 왕립동물학대방지협회의 도움으로 목판화가 이본 스카곤에게 입양되어 새뮤얼 쇤바움의 『셰익스피어, 기록된 삶』(옥스포드 대학교 출판부, 1974)에서부터 셀리아 해든의 『정원의 선물』(마이클 조지프, 1985)에 이르기까지 실로 다양한 문학작품과 인연을 맺었다.
이제 고양이 오스카는 은퇴하여 서픽 지방에서 산다. 그는 친구들을 위해 포즈를 취할 때를 빼고는 일찍이 오스카 와일드가 피력한 다음과 같은 삶을 영위하고 있다. "시골에 사는 사람들은 일찍 일어난다. 할 일이 많기 때문이다. 또 그들은 일찍 잔다. 생각할 게 별로 없기 때문이다."

오스카를 오스카에게 소개해준 재클린 왓슨에게 이 작은 책을 바친다.

옮긴이 **장은수**

연세대학교 심리학과를 졸업하고 동대학원 국어국문학과에서 석사학위를 받았다. 그 후 5년 동안 연세대학교 언어연구교육원에서 외국인에게 한국어를 강의했다. 현재 고양이 두 마리와 남편과 함께 서울에서 살고 있다.

문학동네 세계문학
오스카로 산다는 것

초판인쇄 | 2007년 2월 5일
초판발행 | 2007년 2월 15일

지 은 이 | 이본 스카곤
옮 긴 이 | 장은수
펴 낸 이 | 강병선
책임편집 | 김경미 이현자 강건모
펴 낸 곳 | (주)문학동네
출판등록 | 1993년 10월 22일 제406-2003-000045호

주 소 | 413-756 경기도 파주시 교하읍 문발리 파주출판도시 513-8
전자우편 | editor@munhak.com
전화번호 | 031) 955-8888
팩 스 | 031) 955-8855

ISBN 978-89-546-0245-7 04840
978-89-546-0244-0 (세트)

www.munhak.com

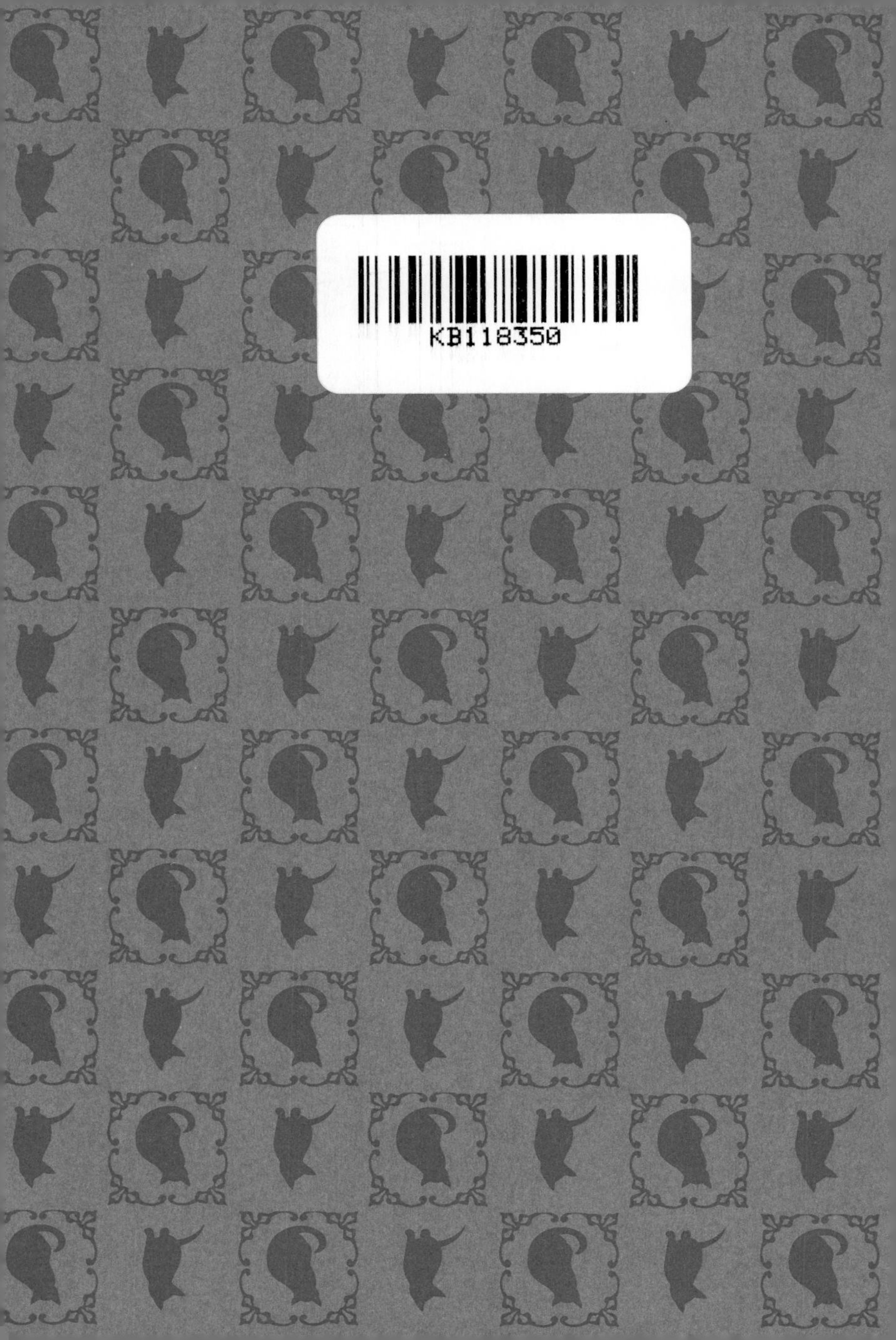